Rohrbacher Straße 18
D-69115 Heidelberg
www.wunderhorn.de

Foto Umschlag: © Andrej Grilc
Gestaltung & Satz: philotypen, Dortmund
Druck: NINO Druck GmbH, Neustadt/Weinstraße
ISBN: 978-3-88423-672-7

FSC www.fsc.org
MIX
Papier aus verantwortungsvollen Quellen
FSC® C006655

Tamara Štajner

Schlupflöcher

Gedichte

Wunderhorn

Verfolgen Sie die Poetry-Video-Clips im audiovisuellen Projekt zu den Schlupflöchern von Tamara Štajner auf YouTube. Mit diesem QR-Code gelangen Sie zur entsprechenden Playlist zum Band.

(Oder diese URL eintippen: https://bit.ly/34votYP)

1 visions of reality

visions of reality

i

hören: *you know when*
yoko + john met they
took it slow know
the story + wieder
hören: 'cause they
knew it was the big
one + sehen: zigarette im
mundwinkel brennt links beide
hände am volant marineblau ford
mustang convertible alle
scheiben unten ganz wien im
vorfrühling durch außenbezirke
rasen + hören: *well that's how i*
feel about us + hören: *listen to yoko*
+ hören: *people say vorfreude ist die*
größte freude + hören: *well I say bull-*
shit freude ist die größte freude
zum arsenal weiter kaisermühlen von
freiheit + abenteuer + marlboro
man erzählen lachen verliebt
schwören + später aus dem
staub machen verschwinden
flink + flott verschwinden
wochen später lesen: *you ok*
herzklappen aufatmen nicht
wollen aber

ii

zu dritt zu zweit im hochhaus:
meet my marilyn hören
+ denken: malteser
cocker spaniel chihuahua so wegen
namen: marilyn + sehen: kolossales
fellgeschöpf agile pfoten ungeheuer am
balkon + denken: ein pferd vorstellen
auf der donauinsel galoppieren
also marilyn: landseerhündin + hören:
well you two get along
verstohlenes nicken

iii

lagebesprechung: uno city wien
mäntel anziehen tankstelle zigaretten
likör + hören: *the cheapest you can buy*
+ hundefutter minisnickers draußen
eiskalt weil januar zurück in die
wolken + weiter in die nacht bis
himmel über wien rot
angelaufen zwei kissen auf
den boden hinlegen nicht schlafen

betonstadt dahinter hochhäuser
+ einsame wohnungslichter
+ denken: montreal new york
obwohl: donaustadt beim
einziehen new modern
panoramafenster + fühlen:
wolkenstille geräuschlos + denken:
edward hopper beklommen
urban im rätsel gefangen ein hochhaus-
apartment + fühlen: finger am
boden berühren drehen
hand im schläfenhaar + hören:
should we try a kiss um-
lippen um-
wangen um-
ohren um-
nacken um-
wimpern um-
schatten um-
augen

iv

rückblende wurzelwege
+ hören: geboren kanada
montreal herangewachsen südafrika
studium england berlin + dann
radiostimme von wien eckdaten

+ dann ein sturz ein absturz wie
kometenhaft aufflackern verglühen
gestirn mitziehen verschwinden
stürzen ausbrennen lennon
ähneln + naked lunch im
burroughs skript leben steil ab-
steigen rasen früher nie
kämpfen müssen brillant
charmant fein + labil
macht es leicht sich in abwärts-
spiralen zu winden rausch
drugs exzess sich
treiben lassen sport-
wagen kaufen für den
kick treiben nächtelang
getrieben quer durch
den operettenstaat

2 bučanje

mangrovien

anderswo ankommen
entlarven entpuppen
entschleimen die hand neblig auf
den spiegel legen allmählich
allmählich gleiten schleichen
sachte atmen dann hinauf
unters dach steigen luft verdichten
beobachten tür öffnen + warten
lange dauern lassen
zwei dachbodenfenster +
parkett ein zimmerskelett
im herbst neu streichen +
altes austreiben leeren
aus dem korn die flinte bergen
leere abwarten + leere einatmen
träume verwischen + neu-
mischen spuren verscheuchen
im leerland ankommen sich ein-
senken + dabei immer flach atmen
der abwesenheit aller tiefe aller
erinnerung nachtrauern

+ dann müdigkeit schlick + schlammigkeit
auf unsicherem sediment beherzt fort-
spülen lassen fortreißen lassen
+ trotzdem + immer beseelt knospen +
sich lebendgebärend ausbreiten an
küsten + meeren + an immer neuen
säumen durch die wellen keimen + überall
kleine teilchen seiner selbst hinterlassen +
unterm dach aus parkettlöchern
neue äste sprießen + wachsen +
wurzeln + wie mangroven
in buchten lagunen in delta
+ landzungen treiben lassen

porto

makellos ein spät-
sommermittag am rand von
westeuropa von
nordportugal unter azur-
blauem wolken-
leerem himmel bogen des
kreischenden möwen-
flugs luft vom meeres-
rauschen durch-
webt küste von harter sonne
gerötet + kommt sie
stunde + vernichtender
stich eiternde wunde durch-
bohren brust zerfleischen
zerreiben ein letztes mal die
herzwand durchstechen präzises
skalpell gesetzt stoß von
austauschbaren auswechselbaren
nichts

ausfließende herzklappen

bled

wiedergänger herbst
heute beim see baumeln
fischerboote ruderboote
gestrandet dort gebirge
zwei zedern + ich

porto ii

ist stille ist
morgen ist
schatten im bild ist
meer ist
saum

wo suchen aufhört
nachts riecht der
pinienwald schmeckt
ein fernes glück klingt im
abgang auf der zunge eine
vage trauer nach

küstenkind

geruch des haars
einsaugen kleben
+ kleben tage lange an
wurzeln atmende kopf-
haut

niederlassen + tiefer
niederlassen + in der hocke
unbewegt kopf in der luft ab-
drücken neigen

+ dann leicht
leicht nach hinten
beugen ein paar zentimeter
nur riechen duft
dicht satt süß
einatmen
verschwitztes haar
ausharren

letzte tage magie-
stunde auf der insel
spätsommer viertel-
tönig behutsam ins früh-
herbstliche gleiten licht ja
licht einfärben + tag
mystisch harmonieren hitze +
herbstfrische september-

akkorde schon im
august ahnen ahnen
zwischentöne: überleitung vom
spätsommerintermezzo zur
herbstserenade zwischen sommer-
gräsern hauch von weichen laub-
nuancen + kaum eben noch
später falbes licht gerade noch
hochsommerlich strahlend doch
längst schon tiefer feuchter fasslicher

niemand am strand
sonnenleere berührt
meeresspiegel gleich nahe
beim steg kauern + sich
tagsüber von der mutter ins
wasser begleiten lassen
schwimmflügel aufziehen sie
kratzen + jammern kind nicht
allein lassen + küstenfelsen
beobachten weißblond sand
zwischen den zehen spielen goldbraun

ein mädchenkörper vom meer
durchspült + das kinn aufs
knie auflehnen manchmal
aufs linke + dann aufs rechte im
sand zeichnen träumen

mund öffnen + die kniekapsel
kauen endlos rhythmisch
hart zusammenstoßen
milchzahngebiss hypnotisiert
zähne lauschen nachhall im
schädel kniekapselhaut
glatt + meerig + salzig wenn
lange sonne auf haut

+ dann ablecken
ablecken + lange
kauen salzglanz nicht mehr
meer + nackte haut glatt
schmecken ja glatt + nackt
schmecken jene die aller-
erste wahrnehmung:

ein stoß ein schub ein durch-
stoß der milchzähne im
schädel

küstenkind nicht
vergessen

porto iii

verloren im
raum schein
verfolgt nachtlang nicht
ertragen wo er
liegt zwischen
schenkeln + mir

leichtes aufliegen
scheiden ratloses morgen-
rot in den adern

            überall dickicht

3 fermaten

über der sava

i

von achteln auf sechzehnteln
auf zwei+dreißigsteln schleichen
+ offenbaren sich ohren nicht
nur okularen die halten anhalten

viren halten lungen-
fresser bestien
+ barbaren + ein hündchen blut-
hündchen + meuchelmörder-
hündchen + halten halten kehlig
halten
                              atem

+ zeit aus-
dehnen + an
der zeit lehnen

co ro na fer ma te hal ten

halten (weißt schon freispiel)
fermate halten atmen corona
atmen + halten lange
dauer vor der dauer weil
ja alles ja alles so lange
                                    so lange
dauert

\+ dann noch ein bisschen
zeit verlässt die welt lässt sie los-
lassen herauslassen verlängern stauen
vergessen auslöschen tilgen sich selbst
ausreißen ausnehmen ausmerzen tag +
nacht aus-

                aus-

                       aus-

                              aus-

                                     halten

im jahr jenes
ludwig van jenes tauben
meisters jenes verstummen
verstummen langes verstummen
von leichtigkeit von beieinander-
sein ins
unkenntliche dehnen in die dauer
verstummen schwinden gespenstisch

+ tröpfchen nicht
wählerisch ganz +
gar nicht aber
unersättlich jegliches
überall aufhalten aus-
ausbreiten überall hin hinein-
steigen luft ausbleiben aus-
saugen luft hinaus-
pressen + lungen vergessen sich
mit jedem zug im
atmen ver-
trocknen

ii

weihnachten ohne zug-
fahrt lockdown in wien +
in krško *you can't say slovenia*
without saying love
in krško funkelt die infektions-
lage verbreitet sich

einatmen + aus

+ gerade neu leichenhalle
+ bepflanzung am friedhof (hvala EU)
liegen die gräber offen ohne
requiem + der leichengräber
im weißen anzug
+ auf dem weg in kühl-
zellen + noch will der
ersticker nicht fasten weiter
klettern hineingleiten überall
hinein bis er sie hält bis er hält + anhält
auch hier lapajnetova die enge
gasse überm kindergarten + schule
am hang einer wohnsiedlung

zuglos liegt darunter
der bahnhof liegen verwaist
waggons liegt sogar das atom-
kraftwerk am stadtrand wie still
+ angehalten atem der kühltürme

liegt straße + siedlung + stadt
liegen erschöpft krank + gealtert
mutter + vater

abends ruft er an
ein anrufen spät + bevor der
vater es sagt:
weiß ich es schon

ist

mit fallschirmen durchs
fenster ist manchmal ist
erde ist nass ist wach ist
noch ist träumen
ist

murmeltiere

i

also +
wo ich war
da im jahr wo der
vater keinen tannen-
baum auf der schulter
die enge gasse entlang
die stiege hoch + noch eine
ins wohnzimmer wo die mutter
schon nadeln aufzusaugen beginnt

nicht dieses jahr + wo ich war
als seine + ihre lungen-
flügel durchschlaucht durch-
webt durchträumt atmen
an apparaten + wissen es nicht ich
weiß es weiß es zu
lange schon aushalten fühlen nicht
mehr + mehr denken + duftet die
küche nicht nach plätzchen weil die
mutter schläft schläft lange
schon + träumt
träumt in einer klinik
anderswo nicht beim
vater

+ ljubljana schläft
brücken schlafen straßen
schlafen auch die ljubljanica fließt
schwer schlafen die cafés wo vater
+ mutter einmal saßen cafés
rechts auf der gasse romeo links auf
der gasse das restaurant julija
geschlossen schlafen tresen + tische wo
einst vater + mutter speisekarten
studierten

+ schlafen + *zu lange schon*
sagen weißkittelig ärzte + schütteln
die grauen köpfe + aufwachen auf-
wachen aber wie

ii

+ in wien ich allein suche
nach tannen nach bäumen
zum festhalten zum nadeln
+ da vor der votiv-
kirche duften dunkel die
tannen + der kleinste findet
mich nadelt vor freude nadelt
bei mir vorm spiegel hin-
gestellt er + verdoppeln ihn lichter-
ketten + hüllen ihn ein glas-
kugeln + bekleiden zettel rissig vom
block ihn unsicher mit wunsch-
zeilen + auf ihm kniehoch sitzt seine
krone green louie er ihn nennen
nicht anders zeleni luka ihn
nennen den kamerad green
louie wenn mutter
+ vater in der unterwelt
verschwinden schwinden + sich
winden + lange verweilen
körper blanke körper
fleisch blankes fleisch
vater + mutter

VOTIV KINO

Adagio calmo

schultern im schoß *portato*

pp schatten mit flaum *parlando*

nacken gesicht gemeinsam

sotto voce *poco cresc.* *p*

wölben sich wirbel *legato*

ineinander atmen 1090 *pensieroso*

gedehnt vor einer leinwand

allarg. *decresc.*

+ plötzliches trennen

p

liegen glätte

sempre lontano

porzellan + kälte

al niente spiegeln sich geister *pppp*

venezianisch k + k + wir am saum
grenze zum land karg wo er junge
jahrzehnte vorm hosenbein-
hochziehen er der vater sommer
verbringt + wo der großvater in den
70ern rauschen brachte
dem schläfrigen fischerdorf
rauschen heißt die urlaubs-
insel im inselreich rauschen
heißt steinküste vor azurblauem
bleichblauem meer weißgraue
gischt + rauschen stets
rauschen zwischen vater
+ großvater

LOŠINJ

come una ballata

lento sotto voce

+ schläft der vater atmet
flach schwer + leise ich
nähere mich + schiebe seine hosen-
beine hoch dort eingraviert in die
beinhaut narben wulstig ver-
wachsen glänzen fleckig auf

poco agit. ma sotto voce

molto marcato sonore

beintief küstenwasser jahrzehnte
davor grün eine insel im insel-
reich otok lošinj zerklüftetes küsten-
reich kroatisch jugoslawisch

tempo moderato

mezza voce

VON INFUSIONSBÄUMEN

Andante

pomposo also von bäumen, sagt
raspelkehlchen, mindestens
festivo paarig + südseitig nicht
an die mauer von
marillen finger
weg gelingen
selten quitten blühen
am schönsten poco rit.

con forza wer war sag mir großvaters vater,
+ sagt raspelkehlchen steinmetz
sp + erzählt von steinstaub
+ holzstaub + lungentod molto rit.

LOŠINJ

come una ballata

+ schläft der vater atmet
flach schwer + leise ich
nähere mich + schiebe seine hosen-
beine hoch dort eingraviert in die
beinhaut narben wulstig ver-
wachsen glänzen fleckig auf

lento sotto voce

poco agit. ma sotto voce

beintief küstenwasser jahrzehnte
davor grün eine insel im insel-
reich otok lošinj zerklüftetes küsten-
reich kroatisch jugoslawisch

molto marcato sonore

tempo moderato

mezza voce

VON INFUSIONSBÄUMEN

Andante

pomposo

also von bäumen sagt

raspelkehlchen mindestens

festivo

paarig + südseitig nicht

an die mauer von

marillen finger

weg gelingen

selten quitten blühen

am schönsten

poco rit.

con forza

wer war sag mir großvaters vater

+ sagt raspelkehlchen steinmetz

sp

+ erzählt von steinstaub

+ holzstaub + lungentod

molto rit.

a tempo

mezza voce

zwei grenzen nordwärts

ich allein

alla intermezzo parlando

am schachbretttisch

con affetto

+ denkt

pp

+ spricht

sempre

+ wieder wach der

agitato

p

infizierte der

sempre cresc.

durchseuchte der

mf

intubierte jetzt der

sempre

extubierte der

accel.

aufatmende der

al fine

f

wunder der

der vater

declamando

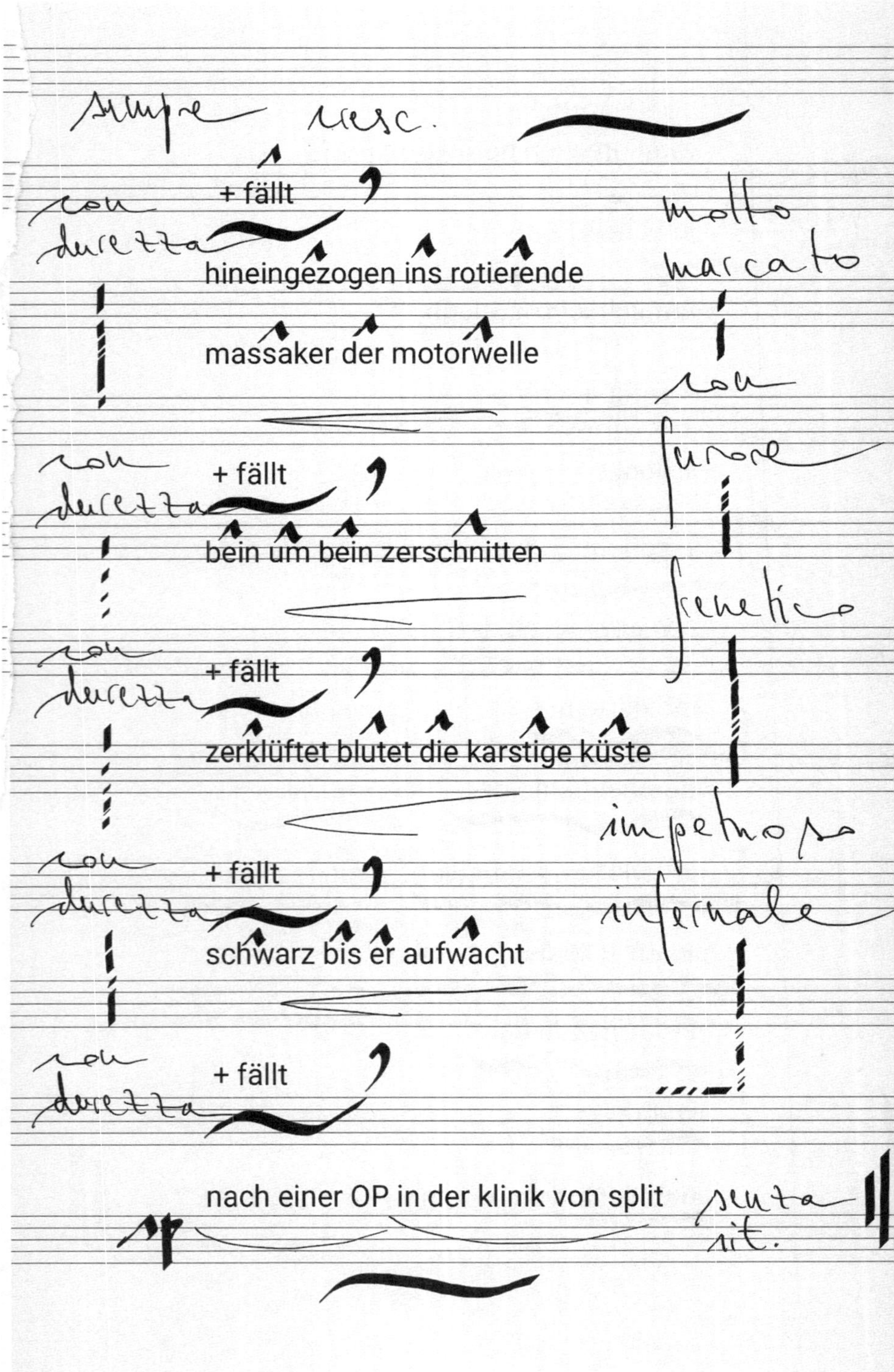
sempre cresc.
con durezza
+ fällt
hineingezogen ins rotierende
molto marcato
massaker der motorwelle
con furore
con durezza
+ fällt
bein um bein zerschnitten
frenetico
con durezza
+ fällt
zerklüftet blutet die karstige küste
impetuoso infernale
con durezza
+ fällt
schwarz bis er aufwacht
con durezza
+ fällt
nach einer OP in der klinik von split
senza rit.

sonore + dann dies *con slancio*

sempre dann ein motorboot zum *con*

hinausfahren horizont *ebollizione*

poco umärmeln offenes meer

a poco mit einem bug teilen *senza rit.*

cresc.

sempre vor jahrzehnten der junge

vater will unbedingt fahren

accel.

auf offenem meer wegen jenem

wasserski will es nicht lassen will es

tun will er es auf wasser gleiten will

gleiten beine überm wasser

Coda + fällt *con durezza*

verschluckt von wellen *gridato*

AUF durchs gestrüpp LÖSUNG

gegangen links

deciso

rohberge rechts *mezza voce*

marcato

grünwasser wie

ma

sempre damals dicke luft

decresc.

windweich dachte ich es

sei war nicht

dachte deine hand *con moto*

loslassen + weglaufen *parlando*

nicht geholfen

du in der wüste *a capriccio*

ich hinten *lontano*

weit der weg

sotto voce nach hause

verästelt

weißes erstarren
des raums bei nacht
schreien stundenlang
schabt ein ast kahl am
küchenfenster schatten
kratzen ans weiß der
wand

von wachträumen

wieder
wach zer-
brochen zer-
kratzt zer-
hackt mutter die
stimme herz-
zerreiß-
end piano lontano
+ hören: *zdravo* + hören: *wenn*
du möchtest reden sagt +

liegen auf der intensivstation

skaphandermännchen über-
wachen endlich er-
wacht ausgelaugt körper

+ verwandelt zurück-
kehren lange liegen wünsche
träume ängste illusionen
visionen erzählen von wahn-
bildern + wochen-
langer intubation vom wach-
werden + lungen-
spülen

vom vater
+ vor allem vom
vater
erzählen ihm
sagen alles
sagen wollen
+ sein *halte*
durch hören auch
er vom lungen-
virus ver-
schlungen ver-
schwunden + sie
sagen hören: *sieben-*
und-
dreißig jahre nicht
getrennt jetzt
getrennt zu lange
schon

+ zwischen-
durch hören: sich
lieben sich
sehnen + sich noch
mehr lieben obwohl sie
wach + er
nicht da zum sagen:
halte durch

wenn beide
wieder unter kirsch-
bäumen liegen neu an-
fangen gemeinsam
+ dauern

4 zerbrochenes spielzeug

cocooning #1

ein sofa in petrol
beieinander dort
rausch wegen +
wegen poren
+ eh + ja eh arg
klebrig + dann
morgengrauen + sag
waschtrommel eisenbalkon tauben draußen
+ sag schwachblutflecken glitzern gleißen
♮ nichts davon
sag +
+ sag weniger als
das sag
+ sag atmen
ineinander leiser
augenbrauen augenpupillen augenfunkeln wie
im kinderbuch hautflächen
+ hautflächen bedeckt dort
wo nichts mehr
geht ♮ weiter doch
enger

shhhhh

spielen spiel liebelei + mehr
+ sag schreib
8 verse versdrechslerin
+ wienerwald pantzerteum papillonien
sag nichts davon + still + bewegen
ja nicht bewegen bloß nicht
wo's noch viel viel verschlungener
wird zwischen menschen
+ ihren häutungen weil wir
ineinander + sag ja nicht
draußen andromedaisch
der himmel

+ der kleine kinderstuhl mit
green louie zwei lichterketten ihm
dem weihnachtsprinz damals ehedem
als alle fast erloschen erstorben +
tot

+ wir auch durchbrochen
lagen nur anders
lagen miteinander

linke wienzeile

vorstellen wer weiß
was warst fremd +
gegangen vergessen
+ verschworen vermisst
+ langmaul samstags auf
dem naschmarkt

von dir erzählen
wer du warst rauch
nachrichten dazwischen
emojis + bilder
ohne empfänger
ohne verstehen +
lügen

+ lachen vor
lächerlichkeit warst
lächerlich + wusstest es
ohne lieben
ohne sehnen
ohne wollen
variationen auf ein weniges
wissen über dich

donaukanal

rakete rinnzekete wo
rand ist welt wo häuser
nicht sind + kein licht
ist zögernde gravitation
auf der bemoosten rakete
warten deine rakete urania
fliegt vorbei

eng + flüchtig im
gemeinsamen orbit bis
jeder wieder
flieht auf seiner rakete
wo häuser nicht +
kein licht ist augen-
paar in einem weltall
vier blinkende lichter
passieren kreuzen sich
am gestirn weit weg
für sich

riesenrad

böcklinstraße weißt schon 1020
trödeln blond drei ineinander
übergehende räume die messingwanne
freistehend im bad + der wintermorgen
hell im matten sonnenlicht vielleicht
bloß verliebt in eine stimmung
nächtelanges schlafwandeln draußen
ein grünes tischtuch aus toulouse
das treppenhaus windet sich hinunter
faule katze fluchtenlos im flur eine
hand schon verloren aschenputtel

beim spaziergang entlang
der prater hauptallee
fehlt mandelsüße in der luft

balkanzug

vorm belgrader
bahnhof
weinen noch
livrierter kellner mit tablett
verlängerten für die dame
zitternde hände
+ dann die andere frage
häubchen mit sahne
eigene haut
fremde wangen
slawisch kupferrot
überall wie verrückt
ob er's noch weiß

cocooning #2

+ tja weil zwischen *p* und *ppp*
verschlungenes auf-
wacht + du
immer du nur du wieder du
+ nochmal
ja nochmal du sagst obwohl
gestern vorgestern vorvorgestern +
den tag vor vorvorgestern auch
schon tischlein mit abgeschnittenen beinchen
+ durchlöcherte durchbrochene durchdrungene
laufschuhe unsichtbar aber
sag ist es
so ♮ + nie moj tvoj
pantzerteum
ljubi dom verlassen
kein kovček weil
bleiben finden umringen
♮ nochmal ♮ + wieder ♮ weil nein
kein regenschirm mehr
weil du mein dežniček
bist ♮ +

+ + ja kein auto
weil bleiben
+ wieder gut
weil so auch kein strafzettel
+ + + tja heute
heute nacht little nothings
zwischen *p* und *shh*
hier im wiener-
wald +
damit du doch bleibst weil
dann auf einmal ganz schnell ganz ganz schnell aber
leise
shhh
rasch überrascht
shhhhh
sagst zu viel moja draga
tssssss
+ dann flüstereien
während mama im tritonus
den tod beatmet
♮ + nicht mit ihm scheidet

5 schlupflöcher i–ix

i

bist du noch   du bist ein
schatten ein kreideumriss wenn
wir ein letztes mal voreinander
liegen   ein kreideumriss am tatort am
rande der gebärmutter du am
bildschirm ich auf dem tisch groß
du warst groß groß dein
umriss dort wo du nicht bist zarte
linien deines körperchens der
arzt: wie schön wie heil wie
spurlos wie nichts außer
schatten

        außer
        schatten

sagt er er sagt es drückt das
auge in mich hinein sagt: keine
wunde nichts sagt: wunderschön ein
wunder wie schön gebärmutter-
vakanz sagt dort wo
du vor sieben tagen warst

träume nachts gebäre ein
totes kind wäre es
fehlentwickelt kopf schiefgewickelt
gesicht glieder geschlecht
ein junge (wusste ich doch)
was bleibt ist spur
choriongonadotropin
immer dünner im blut

ii

+ auf + ab + einmal nur
nur einmal durch flimmer-
härchen durch
einmal nur + dann
dann

    ein schlupfloch? ein
    versteck eine
    wasserblase eine
    nabelschnur

+ will dich +
+ will dich nicht +
+ will dich nicht +
+ will dich +
+ will dich +
+ will dich nicht +
+ will + will nicht +
+ dann

meistens doch

    jeden
    tag jede
    stunde jede
    sekunde:

mehr

schnell häuft sich in mir die zahl deiner
zellen immer mehr schleimmeer schleimmeeriges
immermehr + mehr + mehr + noch mehr am
fünften tag schon 1 2 4 8 16 32 morula & so on & on & on

ein fremder ein
ein im schleim verklebtes urstadium ein
ein körperchen aus meinem +
noch einem körperchen ein

ein eingenisteter eine
zygote eine
sumna pellucida ein
eindringling ein
wunder (ja + nein + auch nicht wirklich)

ein kindskörper mit oversize sunglasses + langem
haar der traurige lieder singt ein

du schlägst schon

ein einer ein
keiner ein
jemand ein
niemand ein
alles ein
nichts

du schlägst schon

ein in mir zwischen den
organen +

du schlägst schon

iii

oder abermals anders anders:
du trägst ein rotes hemdchen ein
rotes höschen aus samt wie der
bub auf dem großen portrait in der
neuen nationalgalerie damals in
berlin den maler vergessen nicht das
kind mit runden fettfaltigen beinchen

(baby legs chubby chubby baby legs)

+ wässrigen pupillen damals in
berlin als es regnete + wir im
museum auf die sonne warteten sie
kam nie an jenem tag + ich sagte so wirst du
aussehen genau so so ziehe ich dich an wenn

iv

oder abermals anders anders:
auf einem weiteren gemälde (hieß es
spielstunde? oder vielleicht *beim spielen?*)
kinder an einem gestreckten holztisch in
rüschenkleidchen + latzhöschen spielen
kreischen (so sah's aus) miteinander nur ein
bub liegt da mit dem köpfchen über den
tisch gelehnt + schiebt verträumt einen
grünen wagen hin + her + ich sagte du
bist es das bist du

v

bald zwei jahre so groß SO
groß alleine laufen plaudern
erzählen großes mit zerzausten
zerstückelten zerkinderten
worten erzählen mir erzählen +
lachen wenn dir danach ist +

vi

starren kulleräugig im baby poker face
+ pupillen dahintreibender galaxien voll +
ganz da + hier bist du + wo
bist du denn   wo bist du   wo?

hier

hier bist du ja genau hier bei mir
+ andromeda licht aus konstellationen fädelt
sich dunkelbraun ins lockige staunen
+ deine seidenweichen bambinolöckchen
+ noch nie geschnitten + unbeschnitten weil
kinderhaare sagt man sind fäden
zum himmel (du ein sirius sternchen)
+ kinderhaare sagt man nicht abschneiden
lange nicht dass der kosmos bleibt
bei dir bevor du vergisst woher
all das licht

vii

\+
im bad stehen du neben mir
die playlist einschalten +
tanzen schwingen mit dir
lachen + wie du lachst dein
kinderperlenlachen + weißes
hemdchen blaugestreift streichelt dein
bäuchlein der versuchung dich zum
kleinen matrosen zu machen nicht widerstehen
\+ steht dir gut so gut steht dir wenn +
wir im bad vorm spiegel tanzen (wer ist denn das wer
ist denn das   ist das   ?   ) dein
köpfchen an meine brust gedrückt + lächeln +
deine schwarzen wimpern raupenfell kitzeln mich +
küsse +
küsse +
küsse dich +
höre nicht auf dich
zu küssen deine
stirn dein haar deine
wangen du lächelst ich lächele + nichts
niemals bereuen

viii

dich zum schafott tragen ja sagen

in meinen
träumen meinen
visionen meinen
halluzinationen meiner
sehnsucht meiner
verzweiflung meinem
tut mir leid meinem
aber

dich zum schafott tragen ja sagen

ix

+
dein sein beginnt in
meinem sein
dein sein mein
sein unser
sein + sonst
unerhörte fragen: was
brauchst du was
fühlst du was
+ wieder +

wieder wach war
ausgeruht wie lange
nicht + weinen
weinen vor + nach der
narkose weil du weg
+ ich leer bin
+ unruhig ausgeruht +
das auch
+

6 ♮ auflösungen

hochzeitstag

am küchenpult stehen
mittagessen schneiden
er tritt herein dunkel-
blaue samtschachtel
beim öffnen eine hand-
geschmückte vase
für dich

sie starrt aufs schneidebrett
beide reglos beide ungerührt
plötzlich errötet ihr gesicht
perlen tränen über die wangen
herab + hängen kurz prall
zögern am kinn + fallen
schließlich im
april

beim schachspiel mit samo und dedek viktor

rochade + später fällt
der erste turm
überraschung im auge
des bruders der zwilling +
dedek viktor listig im blick
schenkt mir eine apfelsine
ein zwinkern dazu
eine krume vom brot

+ gleich nach dem baden
sind sie noch weich
nägel mütterchens schrecken
als babica aufschreit wie
geängstigte tiere es tun
dedek viktor am boden schweres
heben der brust wer hält
sie die hose offen
steht mutter über ihm kniet
babica neben ihm hand auf
dem mund

er sagt oder sagt es
ein echo
bist du nicht durstig
wenn ich wasser
nicht austrinke

+ überall tränen auf
fliesen + in fugen wo
er daliegt apfel-
sinenscheibchen um-
gekippt auf dem teller
geschmack vom brot
noch auf meiner zunge

+ nach dem schach gleich
wollte er kaufen seil
+ draht + holz für
die jungen bäume im
garten wegen der rehe
scheu nur nicht bei nacht

tags drauf knistert
im radio die nachricht
eines begräbnisses +

nachts kommen sie immer
noch die rehe nagen
an der jungen rinde
ohne scheu

olga neuwirth

schnellschrittig auf
die bühne verblüffst du
mich + das wiener
konzerthaus

kloing!

kloing!

selten kloingt es da so
hübsch die härchen stellen
sich auf kloing! die härchen
kloing! die seele ich suche nach
dir kloingkönigin schaue mich um
in logen in stiegen garderoben
kesselpauken + einäugig quer durch die
flöte kloing! kloing! wir kennen uns
nicht kloing! kloing! das wäre
zu viel kloing! kloing!

tulpen erwünscht

die sonne war
schon blau das gras

menschen auf dem
friedhof krško
kommen gehen bleiben
wo ist der boden in den ich falle

nie gabs rosen
für mich überall
blumengeschäfte
+ grab um grab hier
ein rosengarten
woher die totenrosen
blühten oder urnen
im leben darin ich küsste
oft einen anderen +
dich liebte
schmerzlos + ohne
rosen tulpen
gewünscht

die sonne war
schon blau das gras

krško

unweit das zuhause mein
wurzelland nebenan weniger
stunden entfernt
als ein nachmittag dort
dreimal treppen
wohnzimmer
schlafzimmer
apfelbäume
geäst + eine sich
verjüngende straße
+ tischdecken mit spitze
eine mutter in der küche
auf der couch ein vater
diesmal auch brüder
es ist fremd hier
ein balkon mit feuchter
wäsche stiefelchen im leeren eck
ausgelaufen + alt
niemand wirft sie weg

Glossar

Seite 13: *Bučanje*, slowenisches Substantiv. Grundbedeutung: Rauschen, insb. Meereswellenrauschen. Bezeichnet als Toponym eine touristische Ferienanlage auf der Insel Lošinj (heute Kroatien).

Seite 17: *Bled*, ein slowenischer Kurort am Bleder See im nordwestlichen Teil Sloweniens, wenige Kilometer südlich der österreichischen Grenze gelegen.

Seite 24: *Sava*, im deutschsprachigen Raum *Save* genannt, ist der größte Fluss Sloweniens und Kroatiens. Die Sava entspringt im Gebiet des Triglav, nahe der Grenze Slowenien-Österreich und mündet nach 940 km bei Belgrad in die Donau. Sie verbindet die Hauptstädte dreier Nachfolgestaaten Jugoslawiens: Ljubljana (Slowenien), Zagreb (Kroatien) und Belgrad (Serbien).

Seite 27, 66 und 67: Krško, eine ostslowenische Stadt.

Seite 27: *hvala*, slowenisches Wort, dt. *danke*.

Seite 34 und Partitur: Die Gedichte *von infusionsbäumen* und *von wachträumen* beziehen sich auf die COVID-19 Erkrankung der Eltern der Autorin.

Seite 39: *wienerwald*, Geonym für das Schlafzimmer der Autorin in der Wiener Pantzergasse.

Seite 39 u. 44: *pantzerteum*, *papillonien*, Geonyme für versch. Wohnorte der Autorin.

Seite 44: *kovček*, slowenisches Substantiv, dt. *Köfferchen*.

Seite 44: *dežniček*, slowenische Verkleinerungsform, dt. *Regenschirmchen*.

Seite 45: *moja draga*, slowenische Wendung, dt. *meine Liebe*.

Seite 45: *Tritonus*, der sogenannte Teufelston, auch Tritonus genannt, ist ein Intervall zwischen zwei Tönen.

Seite 61: *Samo*, ein männlicher slowenischer Name.

Seite 61: *Dedek*, slowenische Bezeichnung, dt. *Großvater*.

Seite 61: *Babica*, slowenische Bezeichnung, dt. *Großmutter*.

Partitur: *Lošinj*, eine kroatische Insel an der nördlichen Adria.

Anmerkungen zu den musikalischen Vortragsanweisungen

Partitur zum Gedicht *votiv kino*:
adagio = musikalische Vortragsbezeichnung: langsam, ruhevoll
calmo = ruhig, gelassen
portato = getragen
parlando = sprechend
sotto voce = unter der Stimme, geflüstert oder stimmlos
legato = gebunden
pensieroso = nachdenklich
allargando = im Tempo allmählich breiter werdend
decrescendo = leiser werdend
sempre = immer
lontano = entfernt
al niente = bis zur Lautlosigkeit
(*pppp*) = piano pianissimo possibile, möglichst leise

Partitur zum Gedicht *von infusionsbäumen*:
andante = gehend, schreitend
pomposo = pompös
festivo = festlich
con forza = mit Kraft
sp = subito piano, plötzlich leise
molto ritardando = sehr stark Tempo verzögernd
a tempo = zum ursprünglichen Tempo zurück
mezza voce = mit halber Stimme
con affeto = mit Ergriffenheit
agitato = antreibend, erregt, ungestüm
al fine = bis zum Schluss
declamando = pathetisch, stark ausdrucksvoll

Partitur zum Gedicht *lošinj*:
lento = langsam
marcato = hervorgehoben
sonore = voll klingend
senza = ohne
impetuoso = ungestüm
con slancio = mit Schwung
con ebollizione = in Aufruhr
con durezza = mit Härte
gridato = geschrien
con furore = wild, stürmisch
frenetico = tosend

Partitur zum Gedicht *auflösung*:
deciso = bestimmt
amabile = lieblich
a capriccio = in beliebigem Zeitmaß

Die Autorin und Violistin **Tamara Štajner**, geboren 1987 in Novo mesto (Slowenien), lebt in Wien und im Rhein-Main-Gebiet. Sie schloss ihr Master-Studium im Konzertfach Viola an der Wiener Musikuniversität ab. Sie konzertiert solistisch ebenso wie mit etablierten Klangkörpern, ist interdisziplinär tätig und verbindet in ihrer Arbeit klassische Musik, Literatur, performative Klangkunst und visuelle Kunst. In den letzten zehn Jahren wirkte sie bei Uraufführungen Neuer Musik mit, u. a. mit dem *Quasars Ensemble* (Bratislava), dem *Ensemble reconsil* (Wien), dem *Ensemble XX. Jahrhundert* (Wien) und dem Ensemble *Wiener Collage* (Wien). Darüber hinaus spielte sie in Originalklangorchestern, u. a. mit dem *Balthasar-Neumann-Ensemble*, dem *Orchester Wiener Akademie*, dem *Main-Barockorchester* und den *Darmstädter Barocksolisten*.

Als Performerin war sie u. a. im Wiener MuseumsQuartier, bei der Vienna Art Week, in der Wiener Secession, im Kunstraum Niederösterreich, im OstLicht und am Williams College in Massachusetts zu sehen; darüber hinaus gab sie Workshops etwa am Williams College oder an der Musik und Kunst Privatuniversität der Stadt Wien.

Für ihre künstlerische und literarische Arbeit erhielt sie zahlreiche Stipendien, u. a. mehrmals das Arbeitsstipendium für Literatur des BMKÖS, das START-Stipendium für Musik und darstellende Kunst (2015) sowie das START-Stipendium für Literatur (2020) des BMKÖS.

Ihre Texte erscheinen regelmäßig in Literaturzeitschriften und Anthologien, zuletzt *Lichtungen* (Graz), *Das Gedicht* (München), *Ostragehege* (Dresden). 2020 wurde sie in die *Junge Akademie der Wissenschaften und der Literatur | Mainz* aufgenommen, das Förderungsprogramm der Akademie für den exzellenten wissenschaftlichen und künstlerischen Nachwuchs. 2022 folgte die Aufnahme in die *Gutenberg Akademie*.

Inhalt

www.wunderhorn.de